P9-EEB-371

The Little Saguaro
El Sahuarito

BY

Shannon Young

ILLUSTRATIONS BY

Kim Duffek

Arizona-Sonora Desert Museum Press

TUCSON, ARIZONA

Book development by Richard C. Brusca
Spanish translation by Ana Lilia Reina G.
Cast of Characters by Linda M. Brewer
Design by Linda M. Brewer

Printed in Canada by Friesens, 2007
Published in the United States
by Arizona-Sonora Desert Museum
2021 N. Kinney Road
Tucson, Arizona 85743

This book is available at quantity discounts for educational, business, or sales promotional use. For further information, please contact:
ARIZONA-SONORA DESERT MUSEUM PRESS
2021 N. Kinney Road
Tucson, Arizona 85743
520.883.3028
asdmpress@desertmuseum.org

ISBN 978-1-886679-37-5

Copyright Registered with the
U.S. Library of Congress

Dedication

I dedicate this book to all children willing to learn about, and appreciate the circle of life found in the beautiful plants and animals of the Sonoran Desert. My hope is that increased knowledge of desert habitats will create opportunities for children and adults to participate and contribute to their preservation.

— S.Y., Corvallis, OR

To my family, and to those at the Desert Museum, who have nurtured and supported my passions.

— K.D., Tucson, AZ

A portion of the sales of *The Little Saguaro* goes to support the Laurel Clark Education Fund. For further information on this youth environmental and leadership fund please contact the Development Department of the Arizona-Sonora Desert Museum.

An Arizona-Sonora Desert Museum Press Book

Special Thanks and Acknowledgments

I would like to extend my heartfelt gratitude to Rick Brusca and Kim Duffek, both of the Arizona-Sonora Desert Museum, for their tireless dedication and enthusiasm in this book project, as well as to Linda Brewer for her masterful designing skills. I would also like to thank the book's translator and the science professionals whose expertise elevates the *The Little Saguaro ~ El Saguarito* to an educational tool in bilingual format for everyone to enjoy.

— S. Y., Corvallis, OR

Thanks to Mr. Donald B. Sayner for teaching me the skills to illustrate in any variety of media and form. Thanks to Rick, Bob, George, Susan, Shannon and Skye for the opportunities they have given me on the road leading to this book and beyond.

— K.D., Tucson, AZ

Nestled near the base of her majestic mother and in the dappled shade of a palo verde tree, a tiny saguaro seed began to grow. Shaded from the blazing afternoon heat and blocked from the chilly night winds, the little saguaro drew moisture from the desert soil and slowly grew until her spiny crown peeked out from the surrounding brittlebush.

Acurrucada al pie de su madre majestuosa y a la sombra moteada de un palo verde, una semillita de sahuaro empezó a crecer. Protegida del tremendo calor de la tarde y cobijada de los vientos helados de la noche, el sahuarito sacó humedad del suelo del desierto y creció lentamente hasta que su corona espinosa se asomó entre la rama blanca que lo rodeaba.

"Mother?"
she asked, as the rumblings of
a thunderstorm grew louder in the
distance, "How long have you
stood so tall in the desert?"

"¿Mamá?"
Preguntó, al tiempo que
los retumbos de los truenos
crecían más fuerte en la distancia,
"¿Cuánto tiempo has estado de
pie y tan alta en el desierto?"

"My child, the sun has risen and set many thousands of times during my life. I have produced many flower blossoms and succulent fruit for the desert birds, bats, and insects to enjoy. I have provided shade for desert animals, both large and small.

"Mi hijita, el sol ha salido y se ha ocultado miles de veces en mi vida. He producido muchas hermosas flores y frutos suculentos para que los pájaros del desierto, los murciélagos y los insectos los disfruten. También les he dado sombra a los animales del desierto, tanto grandes como pequeños.

I have withstood many strong winds and heavy rainstorms." And she whispered to her daughter, "I am 160 years old and am one of the oldest saguaros in this valley."

Y he resistido muchos ventarrones y chubascos". Y le susurró a su hijita: "Tengo 160 años y soy uno de los sahuaros más viejos de este valle".

"Mother?" the little saguaro
asked as the thunder grew closer
and a steady wind began to blow,
"Are you afraid of anything?"

"¿Mamá?" Preguntó el sahuarito al
tiempo que los truenos se acercaban
y un viento continuo empezaba a
soplar, "¿Hay algo que te dé miedo?"

The mother saguaro tipped her crown of creamy white blossoms ever so slightly down toward her small daughter as she wrapped her roots gently around hers, “My only fear is that I may one day be too old for my blossoms to provide nectar for the insects, too old to bear fruit for the many desert bats, and too frail to give shelter to the gilded flicker and Gila woodpecker who build nests in my trunk.”

La madre sahuaro inclinó su corona de flores blancas cremosas ligeramente hacia abajo para mirar a su hijita, al mismo tiempo que envolvía sus raíces cariñosamente alrededor de ella,“Mi único miedo es que un día seré muy vieja para que mis flores les den néctar a los insectos, muy vieja para tener frutos para los murciélagos del desierto y demasiado frágil para darle cobijo a los diferentes carpinteros que hacen sus nidos en mi tronco”.

A flash of lightning broke
the darkness of the night
sky, and the rains began.

El relámpago de un
rayo rasgó la obscuridad
del cielo de la noche, y
empezó a llover.

As the sun rose, the little saguaro gently stretched her roots, and the cool morning wind whistled through the valley. Her mother, standing as tall and steady as every day before, cast an alert gaze toward the foothills. A cloud of dust grew on the horizon, and it seemed to be moving closer and closer.

Cuando salía el sol, el sahuarito suavemente estiró sus raíces, y el viento frío de la mañana silbó por el valle. Su madre, de pie tan alta y firme como siempre, echó una profunda mirada de alerta a los cerros. Una nube de polvo crecía en el horizonte y parecía acercarse poco a poco.

"Mother, look!" exclaimed the little saguaro with joy, "a dust devil! And it's coming this way!"

"¡Mamá, mira!" Exclamó con alegría el sahuarito, "¡Un remolino! ¡Y viene para acá!"

Mother wasted no time as she drew her strong roots around the tiny roots of her daughter and held her close.

La madre no perdió tiempo y envolvió sus fuertes raíces alrededor de las raícesitas de su hija y la abrazó fuerte.

"Mother?" the little saguaro asked, "Is there anything I should be afraid of?"

"¿Mamá? Preguntó el sahuarito "¿Hay algo que debo de temer?"

Both the mother and the little saguaro swayed slowly as the dust devil passed by.

La mamá y el sahuarito se mecieron lentamente cuando les pasó el remolino.

"My child, feeling fearful is as much a part of life as finding joy in a beautiful sunset or sadness in the loss of a dear friend. Without understanding fear, we cannot appreciate the courage that comes from deep within us. By embracing all the qualities and emotions that make us who we are, we will grow strong and reach high toward the desert sky. We will grow tall and straight with healthy roots anchored firmly in the desert soil. But if we let fear rule us, we cannot fulfill the purpose that nature has granted to us."

"Mi niña, el tener miedo forma parte de la vida como lo es el disfrutar un bello atardecer o la tristeza de perder a un amigo muy querido. Si no entendemos el miedo, no podemos apreciar el valor que surge de nuestro interior. Al aceptar todas las cualidades y emociones que nos hacen ser las personas que somos, creceremos fuertes y llegaremos muy alto en el cielo del desierto. Creceremos altos y derechos con raíces sanas ancladas firmemente en el suelo del desierto. Pero si dejamos que el miedo nos domine, no podremos lograr el propósito que la naturaleza nos ha encomendado."

"Mother?" the little saguaro asked quietly, "Will you always be with me?"

"¿Mamá?" Preguntó despacio el sahuarito, "¿Estarás siempre conmigo?"

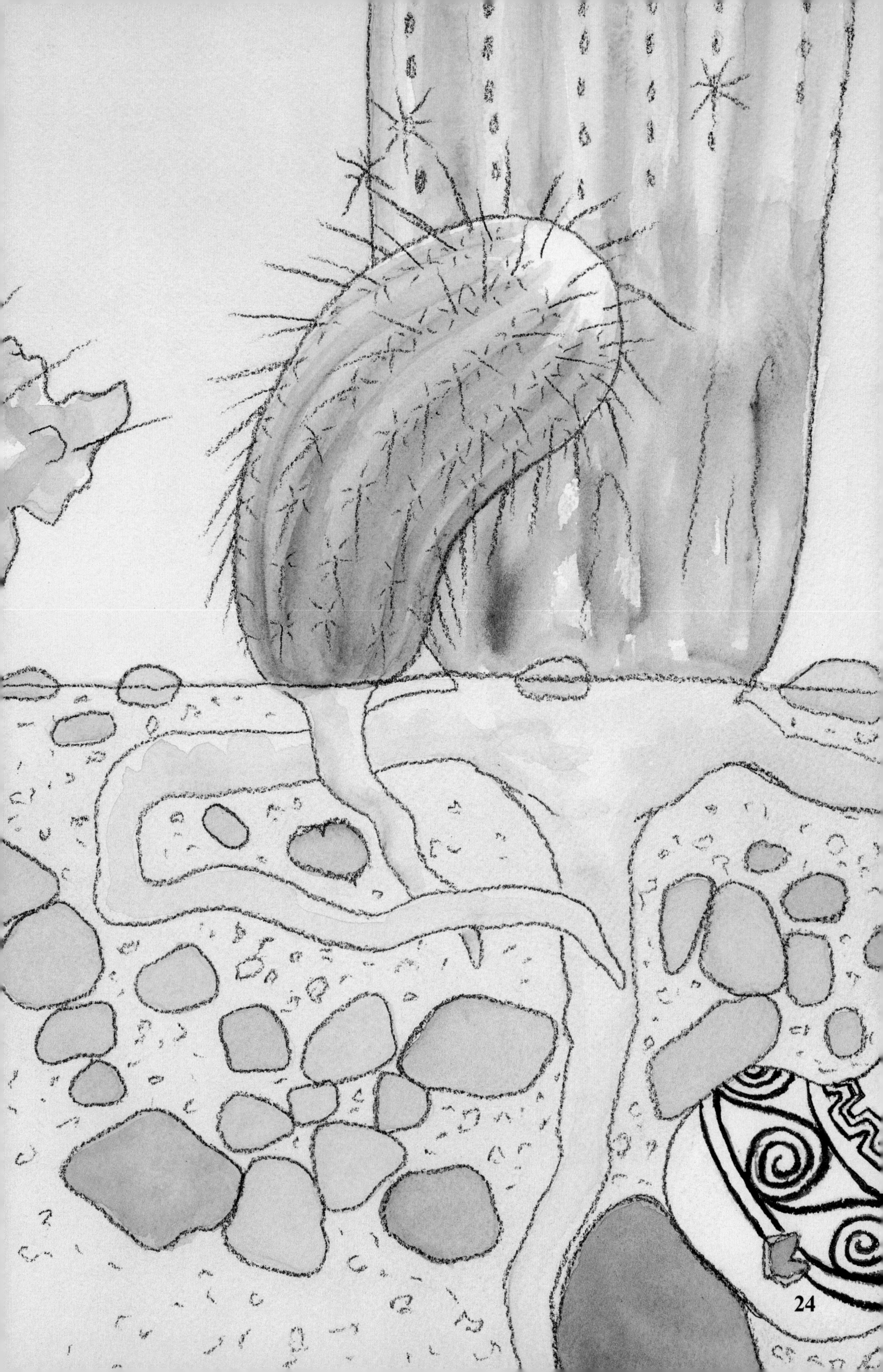

The mother saguaro looked wistfully at her daughter. “My child, I will only live so long as I can draw water from the earth and the sun can sustain me. But, our roots will be forever entwined long after I am gone. For as long as I can, I will shelter and protect you and keep you from harm. While I may not always be strong enough to stand next to you, my spirit will stand beside you forever.”

La madre sahuaro miró tristemente a su hija. “Mi hijita, sólo viviré mientras pueda seguir tomando el agua de la tierra y el sol pueda mantenerme. Pero nuestras raíces estarán para siempre entrelazadas mucho después de que haya muerto. Todo el tiempo mientras pueda te resguardaré y protegeré de los peligros. Aunque tal vez no siempre sea tan fuerte para estar junto a ti, mi espíritu estará contigo para siempre”.

Cast of Characters

On the pages of The Little Saguaro, *as in the desert itself, you can find amazing creatures, big and small. Together, different kinds of plants and animals make up a* ***community****, each playing an important role in keeping their natural neighborhood healthy. On the following pages, we describe some of the plants, insects, lizards, birds, and mammals that appear on the pages of* The Little Saguaro. *Read about them, then see if you can find them on the pages noted at the end of each description.*

Plants

Saguaro *Carnegiea gigantea*

Did you know that a big saguaro (one taller than a house) probably weighs as much as a car, but is mostly water? This slow-growing cactus swells with water after the rains, then gradually uses that water to survive through long dry stretches. In fact, saguaros can live to be more than 200 years old! This cactus grows in the Sonoran Desert, where it plays an important part in that **ecosystem**. In the spring, **migrating** bats sip **nectar** from its white, night-blooming flowers. The flowers also attract bees, flies, beetles, sphinx moths, and birds that pollinate saguaros. Desert animals of all kinds (including people) enjoy the saguaro's juicy red fruit.

Saguaros are also homes for many birds. Woodpeckers and flickers peck holes in its trunk to nest in. The next season, an empty hollow might become home for an elf owl. When it dies, a fallen saguaro becomes food for thousands of tiny insects and worms as it slowly decomposes. *(You will see a saguaro on nearly every page!)*

Brittlebush *Encelia farinosa*

In the spring, brittlebush grows bright yellow flowers that look like bunches of daisies poking up from a mound of fuzzy leaves. These flowers also hold nectar and pollen for bees, and their small seeds are a special food for the **larvae** of a desert fly. You might see doves or quail pecking around this shrub for its seeds. In this book, look for the brittlebush close to the little saguaro. *(pages 2, 6, 9, 13, 23, and 28)*

Chuparosa *Justicia californica*

If you see a shrub in a sandy wash with twisty, gray-green branches and clusters of long, dark-red flowers, you've probably found a chuparosa. These plants are favorite restaurants for hummingbirds, who suck nectar from their flowers. But hummingbirds aren't the only birds that lunch on this shrub. Quails and house finches like its seeds. And if you like the taste of cucumbers, ask your mom or dad to add fresh chuparosa flowers to your salad!! *(page 15)*

Reparto de Personajes

En las páginas de El Sahuarito, *como sucede en el desierto, encontrarás criaturas increíbles, grandes y pequeñas. Juntos, diferentes tipos de plantas y animales forman una* ***comunidad****, cada uno desempeñando un papel importante para mantener saludable su barrio natural. En las páginas siguientes se describen algunas plantas, insectos, lagartijas, pájaros y mamíferos que aparecen en el cuento de* El Sahuarito. *Léelos y búscalos en las páginas marcadas con letra cursiva al final de cada descripción.*

Plantas

Sahuaro *Carnegiea gigantea*

¿Sabías que un sahuaro grande (más grande que una casa) probablemente pesa tanto como un carro, pero es casi pura agua? Este cactus de crecimiento lento, se hincha con agua después de las lluvias y poco a poco la usa para sobrevivir en temporadas largas de sequía. De hecho, los sahuaros pueden vivir ¡más de 200 años! Este cactus crece en el Desierto Sonorense, donde juega un papel importante en el **ecosistema**. En la primavera los murciélagos **migratorios** beben el **néctar** de sus flores blancas las cuales abren de noche. Las flores también atraen a las abejas, las moscas, los escarabajos, las palomillas y los pájaros que polinizan los sahuaros. A los animales del desierto de todos tipos y a la gente les gustan los frutos rojos y jugosos del sahuaro.

Los sahuaros también son el hogar de muchos pájaros. El pájaro carpintero de Gila y otros picapalos picotean hoyos en sus troncos para anidar. La temporada siguiente, un hueco vacío quizás sea la casa de un tecolotito. Cuando muere, un sahuaro caído se pudre lentamente y sirve de alimento para cientos hasta miles de insectos pequeñitos y gusanos. (*Encontrarás un sahuaro ¡en casi todas las páginas!*).

Rama blanca, incienso *Encelia farinosa*

En la primavera, la rama blanca produce flores amarillas brillantes que parecen ramos de margaritas asomándose por una lomita de hojas lanudas. Estas flores también tienen néctar y polen para las abejas y sus semillas son un alimento especial para la **larva** de una mosca del desierto. Podrás ver palomas o codornices picoteando por semillas alrededor de este arbusto. En este libro busca la rama blanca junto al sahuarito. *(páginas 2,6, 9, 13, 23 y 28)*

Chuparrosa *Justicia californica*

Si en un arroyo arenoso ves un arbusto con ramas torcidas, verde gris y racimos de flores rojo obscuro y largas, probablemente encontraste una chuparrosa. Estas plantas son restaurantes favoritos de los colibríes ó chuparrosas, los que chupan el néctar de sus flores. Pero los colibríes no son los únicos pájaros que almuerzan en este arbusto. A las codornices y a los gorriones les gustan sus semillas. Y si a ti te gusta el sabor del pepino, pídele a tu mamá o a tu papá que le ponga flores de chuparrosa fresca ¡a tu ensalada! *(página 15)*

Foothill Palo Verde
Parkinsonia microphylla

You can tell a palo verde by its green bark and spiky branches. In the spring, this desert tree is covered with masses of small, pale yellow flowers that attract desert bees to their sweet nectar. Again and again, bees carry nectar and **pollen** from the palo verde flowers to their hives.

The pollen, and the honey they make with the nectar, becomes food for the bees and their young. Traveling from tree to tree, the bees pollinate the palo verde flowers, which will then grow pods with pea-like seeds. These seeds are good food for many desert animals. *(page 2, 3, 13 and 27)*

Arthropods

Arizona Blond Tarantula *Aphonopelma chalcodes*

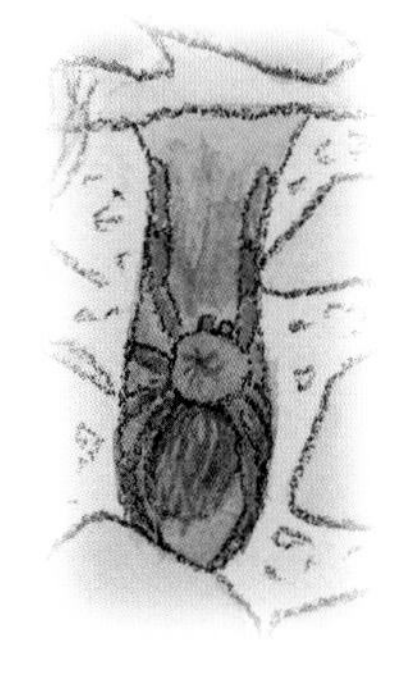

You can't mistake this huge, hairy spider when you see it lumbering across the ground, lifting its legs like a mechanical monster. It may look scary with its fangs for injecting poison into its prey, but around people tarantulas are among the gentlest arthropods in the desert. When it needs to defend itself, a tarantula will fling tiny barbed hairs from its back, hurting a predator's eyes and nose. Tarantulas dig **burrows** and stay underground in the day, coming out at night. The light brown females can live up to 20 years. *(page 23)*

Bruchid Beetle *Mimosestes amicus*

This jumping insect is tiny, but it belongs to the biggest group of animals in the world – the beetles (order Coleoptera). In fact, nearly one out of every four animal species is a beetle! Like all beetles, bruchids have two pairs of wings—the **hindwings** are usually hidden beneath the hard, thick **forewings**. These brown or golden beetles may be small, but they sure can chew! The **larva** chews its way into a seed pod to get the food it needs to grow. A month or so later, the now adult beetle chews another hole to get out. You might find them, or the holes they leave, in seed pods of palo verde, cat claw, or mesquite. Bigger insects, birds, and other critters eat these beetles. *(cover page)*

Creosote Walkingstick *Diapheromera covilleae*

What better name for an insect that looks like creosote stick but walks? An **herbivore,** this insect eats and lives on the creosote bush. The walkingstick has no wings, so it can't fly, but it is so well disguised that predators have a hard time finding it! Even sharp-eyed birds will mistake this skinny insect for a part of the bush. It not only looks like a twig, it *acts* like twig, staying very still, moving rarely and extremely slowly during the day when birds are active. And how about this? If a bird plucks off the leg of a young walking stick, it can grow a new one! *(page 27)*

Palo verde *Parkinsonia microphylla*

Puedes reconocer el palo verde por su corteza verde y sus ramas puntiagudas. En la primavera, este árbol del desierto se cubre con montones de florecitas amarillo pálido que atraen a las abejas del desierto a su néctar dulce. Una y otra vez, las abejas llevan el néctar y el **polen** de las flores del palo verde a sus colmenas.

El polen y la miel que ellas hacen con el néctar es el alimento para las abejas y sus crías. Al viajar de árbol en árbol, las abejas polinizan las flores del palo verde que más tarde tendrán vainas con semillas como chícharos. Estas semillas son un buen alimento para muchos animales del desierto. *(página 2, 3, 13 y 27)*

Artrópodos

Tarántula *Aphonopelma chalcodes*

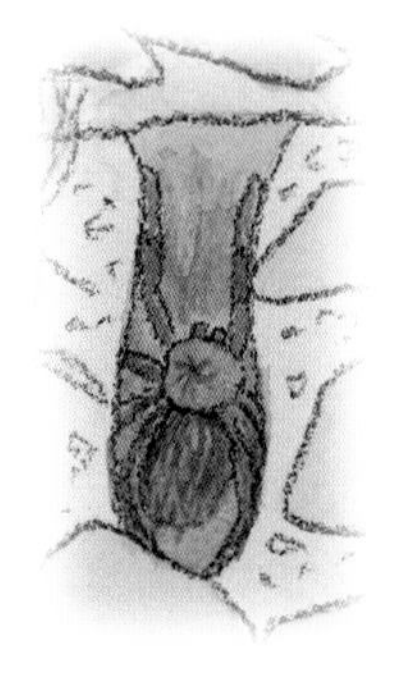

No confundirás a esta araña grande y peluda cuando la veas avanzar lentamente cruzando el suelo, subiendo sus patas como un monstruo mecánico. Quizás te asusten sus colmillos para inyectar veneno en sus presas, pero con la gente la tarántula es uno de los artrópodos más mansitos del desierto. Cuando necesita defenderse, la tarántula eriza unas púas pequeñas de su espalda lastimando los ojos y la nariz de su depredador. Las tarántulas excavan **madrigueras** y se quedan debajo de la tierra en el día y salen en la noche. Las hembras de color café claro pueden vivir hasta 20 años. *(página 23)*

Gorgojo de la semilla *Mimosestes amicus*

Este insecto saltarín es muy pequeño, pero pertenece al grupo de animales más grande del mundo: los escarabajos (orden Coleóptera). Casi uno de cada cuatro especies de animales ¡es un escarabajo! Al igual que todos los escarabajos, los de esta familia tienen dos pares de alas: las alas **posteriores** por lo general están ocultas debajo de las alas **anteriores** gruesas y duras. Estos escarabajos de color café o dorado serán pequeños, ¡pero como mastican! La **larva** masticando entra en la semilla de una vaina para obtener la comida que necesita para crecer. Un mes más tarde, el escarabajo ya adulto masticando barrena otro hoyo para salir. Tal vez los encuentres o veas los hoyos que dejaron en las semillas de los ejotes del palo verde y la uña de gato o en las péchitas del mezquite. Los insectos más grandes, los pájaros y otros animales se comen a estos escarabajos. *(portada)*

Insecto palo de la hediondía *Diapheromera covilleae*

Que nombre tan apropiado para un insecto que parece un palo de hediondía ¡pero que camina! Un **herbívoro**, este insecto se alimenta y vive en la hediondía o gobernadora. El insecto palo no tiene alas, entonces no puede volar, pero esta tan bien disfrazado que los depredadores ¡batallan mucho para encontrarlo! Incluso los pájaros de vista muy aguda creerán que este insecto tan flaco forma parte del arbusto. No solamente parece un palito, se *comporta* como un palito, se queda muy quieto y se mueve muy poco y demasiado lento en el día cuando los pájaros están activos. Y que te parece ésto: si un pájaro le arranca una pata a un insecto palo joven, ¡le puede crecer otra! *(página 27)*

Fig Beetle *Cotinus mutabilis*

You might hear these little, hard-shelled green beetles clattering against your door during the summer monsoon season. They often hang out in bunches on the trunks of mesquite trees, where they eat sap. Fig beetles also love prickly-pear fruit, figs, and other soft fruits. This beetle has a goofy-looking horn on its head, like a flattened spoon, which it uses to cut open the thick skin of desert fruits. The larvae of fig beetles (and lots of other beetles) are important for **consuming** and recycling dead plants and animals. *(page 11)*

Greater Angle-Winged Katydid *Microcentrum rhombifolium*

Cousin to the grasshopper, the greater angle-winged katydid looks a little like a leaf with legs and very long antennae. Green all over with flat wings, this katydid "talks" with its forewings and hears with the knees of its front legs! It can make a sound every few seconds by snapping its forewings together. Or it can make a string of quick sounds by slowly closing its wings. Katydids eat plants and are prey for bats and birds and other animals. *(page 8)*

Green Lacewing *Chrysoperla carnea*

If you touch a green lacewing, hold your nose, because they can make a stinky smell. Lacewings are well **camouflaged,** with a light green body that seems to disappear among desert grasses and shrubs. Not much longer than your thumbnail, they get their name from their fine, see-through wings, which show a pattern of threads like dainty lace. Long antennae twitch above its big golden eyes. Green lacewings are often called "aphid lions" because they hunt and eat aphids. *(page 3)*

Horse Lubber Grasshopper *Taeniopoda eques*

In the fall, you might startle a horse lubber in a mesquite tree, causing it to fly or hop away. Look for its pink-red wings. If it is resting, look for wide yellow stripes on his shiny black face and shoulders, and orange-yellow stripes on his antennae. Horse lubbers can jump about 20 times their body length! Their bright colors are a sign to predators that they taste really bad, but a few predators don't care (like the praying mantid). If scared, they will often hiss and blow a stinky foam from their side! *(page 26)*

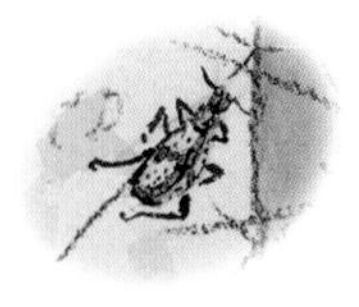

Iron-Cross Blister Beetle *Tegrodera aloga*

Iron-cross blister beetles come out in great numbers in the spring. Occasionally a large troop of them will march single file across the desert floor. You can recognize this beetle by its bright orange head,

Mayate verde *Cotinus mutabilis*

Podrás escuchar a estos mayatitos verdes de caparazón duro matraquear en tu puerta durante la estación del monzón del verano. Muchas veces se cuelgan en montones de los troncos de los mezquites donde se alimentan de la savia. A los mayates verdes también les gustan las tunas, los higos y otras frutas blandas. Este escarabajo tiene un cuerno chistoso en su cabeza, como si fuera una cuchara aplanada y lo usa para cortar la cáscara gruesa de los frutos del desierto. La larva de los mayates verdes y de muchos otros escarabajos es importante para **consumir** y reciclar las plantas y los animales muertos. *(página 11)*

Saltamontes verde *Microcentrum rhombifolium*

Primo del chapulín, el saltamontes verde parece una hoja con patas y unas antenas muy largas. Todo verde con alas planas, el saltamontes verde "habla" con sus alas delanteras y ¡escucha con las rodillas de sus patas delanteras! Puede hacer chasquidos muy seguiditos al hacer clic con sus alas delanteras. O puede hacer un ruido largo con sonidos rápidos al cerrar sus alas muy lentamente. El saltamontes verde se alimenta de plantas y es presa de murciélagos, pájaros y otros animales *(página 8)*

Crisopa *Chrysoperla carnea*

Si tocas a una crisopa, tápate la nariz porque puede apestar. Las crisopas se **mimetizan** muy bien con su cuerpo de color verde claro que parece desaparecer entre los zacates y arbustos del desierto. No son más grandes que la uña de tu dedo pulgar y tienen alas muy finas y transparentes con un diseño de hilos como encaje delicado. Las antenas largas se crispan arriba de sus grandes ojos dorados. A las crisopas a veces se les llama "leones de los áfidos" porque cazan y se comen a estos insectos *(página 3)*

Chapulinzón negro *Taeniopoda eques*

En el otoño, quizás sorprendas a un chapulinzón negro en un mezquite y este volará o saltará. Observa sus alas rosas-rojizas. Si esta quieto, observa sus rayas amarillas en su cara negra brillante y en sus hombros y también las rayas anaranjadas-amarillas en sus antenas. Los chapulinzones negros pueden saltar ¡20 veces la longitud de su cuerpo! Sus colores brillantes son un aviso para sus depredadores anunciando que son muy amargos, pero a algunos depredadores como a las campamochas no les importa. Cuando se asustan, ¡sisean y echan una espuma maloliente de sus lados! *(página 26)*

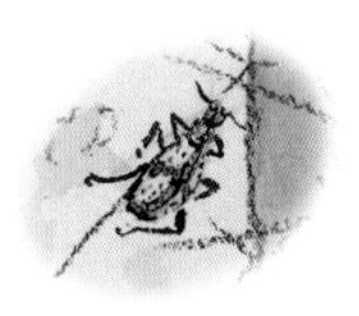

Escarabajo quemador *Tegrodera aloga*

Los escarabajos quemadores salen en montones en la primavera. Algunas veces una de sus tropas grandes desfilará en fila en el suelo del desierto. Puedes reconocer a este escarabajo por su cabeza anaranjada brillante y la

Iron-Cross Blister Beetle *cont.*

and the black cross on its yellow-and-black back. But don't pick it up. As the name suggests, it could cause blisters on your skin. Iron-cross beetles have a clever and complicated life cycle. The females lay eggs on flower buds, and after the larva hatches, it attaches itself to a bee gathering nectar; it then rides back to the bee's nest, where it develops into an adult beetle. *(page 25)*

Leaf-Footed Bug *Acanthocephala thomasi*

The leaf-footed bug might be better named the leaf-legged bug, although it's only the female's back legs that look like part of a leaf. What makes the leaf-footed bug stand out is the orange at the tip of its antennae and on all six legs. You might see one on the stem of an agave plant, where it drinks sap by poking its long, hard, straw-like mouth parts into the agave. If you get too close, it might jump away and spurt a tiny bit of smelly liquid strong enough to make your nose wrinkle. *(page 18)*

Orange Skimmer *Libellula saturata*

Like a miniature flying dragon, the orange skimmer has two giant eyes and a head that can swivel in almost a full circle! This dragonfly soars above pools or **ciénegas** in the desert, darting first this way then that or simply hovering in one spot. Like other dragonflies, it has two sets of wings that flap in *opposite* directions. Having wings that beat in opposite directions makes it easier to perform those amazing aerial feats. Female skimmers dip right down to the water to lay their eggs. The young **nymphs** (or **naiads)** feed underwater on water insects, tadpoles, or tiny fish. *(page 9)*

Orchard Mason Bee *Osmia lignaria*

These are bees of a different stripe (or no stripe at all)! Orchard mason bees are blue-black, and the female looks more like a fly. They work and nest alone, laying eggs in holes that birds or beetles have pecked or chewed into trees or woody places. Look for rough muddy spots in the bark of a tree to find their nests. They don't make honey, but female mason bees are super pollinators. By visiting flowers to collect nectar and pollen they contribute to the production of fruit and seeds that birds, bats, and the furry animals of the desert depend upon. *(page 13)*

Pinacate Beetle *Eleodes obscurus* (and similar species of *Eleodes*)

Bottoms up! You can find the big black Pinacate beetle almost anywhere in the Sonoran Desert anytime of year. You'll often see it nose-down and tail high, as if it were trying to stand on its head.

Escarabajo quemador *cont.*

cruz negra en su espalda amarillo y negro. Pero no lo levantes porque te puede causar ampollas en la piel. Los escarabajos quemadores tienen un ciclo de vida muy complicado e ingenioso. Las hembras ponen huevos en los botones de las flores y después de que la larva sale del cascarón, se pega a una abeja recolectora de néctar, así viaja con ella a la colmena, donde se alimenta y se desarrolla hasta llegar a ser un escarabajo adulto *(página 25)*

Chinche del maguey *Acanthocephala thomasi*

Un nombre mejor para la chinche del maguey podría ser escarabajo con patas de hoja, aunque sólo las patas traseras de la hembra parecen hojas. Lo que hace resaltar a la chinche del maguey es el color anaranjado de la punta de sus antenas y también en todas sus seis patas. Puedes encontrar alguna en el tallo de un maguey donde bebe la savia al introducir las partes de su boca que son como un popote largo y duro. Si te acercas mucho quizás se vaya brincando y chorree un poquito de un líquido tan apestoso que hará que arrugues tu nariz. *(página 18)*

Cigarrillo, libélula *Libellula saturata*

Como un dragón volador en miniatura, el cigarrillo tiene dos ojos gigantes y una cabeza que puede girar ¡casi en círculo completo! Esta libélula vuela encima de los charcos o **ciénegas** en el desierto, volando en todas direcciones o simplemente quedando suspendida en el aire. Igual que las otras libélulas, tiene dos pares de alas que aletean en direcciones *opuestas.* El tener alas que aletean en direcciones opuestas le facilita ejecutar esas increíbles hazañas aéreas. Los cigarrillos hembras se zambullen en el agua para poner sus huevos. Las **ninfas** jóvenes (o **náyades**) se alimentan bajo el agua de insectos acuáticos, renacuajos y pececitos. *(página 9)*

Abeja albañil, abeja azul *Osmia lignaria*

Estas abejas son de una categoría diferente o ¡quizás de ninguna! Las abejas albañil son de color azul-negro y las hembras se parecen más a una mosca. Trabajan y anidan solas, poniendo huevos en hoyos que han picoteado o mordisqueado en los árboles o lugares maderables los pájaros o escarabajos. Para encontrar sus nidos, busca manchas lodosas ásperas en la corteza de un árbol. No producen miel, pero las abejas albañil hembras son súper polinizadoras. Al visitar las flores para colectar néctar y polen están contribuyendo a la producción de frutos y semillas de las que dependen los pájaros, los murciélagos, y los animales peludos del desierto. *(página 13)*

Pinacate *Eleodes obscurus* (especies similares de *Eleodes*)

¡Pompis paradas! Puedes encontrar al pinacate negro y grande casi en cualquier lugar del Desierto Sonorense y en cualquier época del año. Algunas veces lo veras con su nariz pegada al suelo y su cola parada

Gray Fox *Urocyon cinereoargenteus*
The gray fox belongs to the dog family (Canidae), but unlike a dog it climbs trees to rest, find food, or even to give birth to pups! In fact, it is sometimes called a "tree fox," although it most commonly nests in burrows. Oftentimes it acts more like a cat—stalking, leaping, and holding its prey down with its paws. The gray fox is smaller than a coyote, with reddish-orange fur on its belly, legs, and neck. They are out in all seasons, usually at night, and they eat almost anything—birds, fruit, mesquite beans, ground squirrels, rabbits, grasshoppers, and more. *Can you find all seven pages with gray foxes on them?*

Lesser Long-Nosed Bat *Leptonycteris yerbabuenae*
Bats probably don't look cuddly to most people, but they are amazing flying mammals important to our ecosystems. Lesser long-nosed bats nurse and raise their babies in big groups. (They even share babysitting duties.) Their wings are made from a web of thin skin that stretches across the finger and arm bones. These bats have good eyesight, and at night they also rely on echolocation to tell what's in front of them, by sending out a sound and hearing the rebound (like you'd throw a basketball at a backboard). The speed and direction of the rebound tells them just where things are. While some desert bats eat mosquitoes and moths, lesser long-nosed bats are nectar lovers that help pollinate saguaro flowers. They migrate back and forth from Mexico to Arizona every year. *(pages 11, 12 and back cover)*

Reptiles

Desert Iguana *Dipsosaurus dorsalis*
These lizards are about the fastest in the Southwest. They are extremely tolerant of high temperatures and can be seen active during mid-day even in the hottest summers. Look for a lizard longer than a grown man's foot, with a tail at least as long as its body. It has brown spots on its back and bands of spots on its tail. Desert iguanas **hibernate** in the winter. They climb into creosote and other shrubs to eat leaves and flowers, but they also eat insects. *(pages 1, 6, 20 and 23)*

Gila Monster *Heloderma suspectum*
Call it lazy if you like, but Gila monsters save energy in the desert heat by not moving. Though **diurnal**, they stay in their burrows most of the day. If you're *very* lucky, you might see a Gila monster plodding through the desert on a spring day, or sunbathing near its burrow in winter. It is easy to identify by its large pudgy body, big black head, and the bold pattern of black and pink (or orange/yellow) beads on its body. It's a super climber and digger. Though normally shy, Gila monsters can defend themselves with a painful, poisonous bite. They feed mainly on **nestling** mammals and birds, but sometimes on bird or lizard eggs. *(page 7)*

Zorra gris *Urocyon cinereoargenteus*
La zorra gris pertenece a la familia de los perros (Canidae), pero a diferencia de los perros puede subirse a los árboles para descansar, buscar comida o incluso ¡para tener a sus cachorros! De hecho, algunas veces se le llama "zorra de los árboles" aunque por lo regular anida en madrigueras. Algunas veces se comporta como un gato: acechando, saltando y sujetando a su presa con sus patas. La zorra gris es más chica que un coyote, con pelaje rojizo anaranjado en su panza, patas y cuello. Se pueden ver en todas las estaciones, especialmente en la noche y comen casi de todo: pájaros, frutas, péchitas de mezquite, juancitos, conejos, chapulines y mucho más. *¿Puedes encontrar las siete páginas que tienen zorras grises?*

Murciélago sahuarero *Leptonycteris yerbabuenae*
A la mayoría de la gente los murciélagos probablemente no le parecerán agradables, pero son unos mamíferos voladores increíbles y son importantes para nuestros ecosistemas. Los murciélagos sahuareros amamantan y crían a sus bebés en grupos grandes. Incluso comparten la responsabilidad de cuidar a las crías. Sus alas están hechas de una red de piel delgada que se estira desde los dedos a los huesos del brazo. Estos murciélagos tienen una vista muy buena y en la noche pueden depender de la ecolocación para saber que está enfrente de ellos. Esto lo hacen al enviar un sonido y escuchar el rebote (como cuando tiras una pelota a la canasta del tablero). La velocidad y la dirección del rebote les dice donde están las cosas. Aunque algunos murciélagos del desierto comen mosquitos y mariposas nocturnas, a los murciélagos sahuareros les encanta el néctar y ayudan a polinizar las flores del sahuaro. Emigran y regresan cada año de México a Arizona. *(páginas 11, 12 y contraportada)*

Reptiles

Porohui, iguana *Dipsosaurus dorsalis*
Estas lagartijas son las más rápidas en el Suroeste de E.U. Las iguanas son extremadamente tolerantes de las altas temperaturas y se pueden ver activas a medio día incluso en los veranos más calientes. Es más larga que el pie de un hombre adulto y tiene una cola por lo menos tan larga como su cuerpo. Tiene manchas cafés en su lomo y listas de manchas en su cola. Los porohuis **hibernan** en el invierno. Se trepan a la hediondía y otros arbustos para comer hojas y flores, pero también comen insectos. *(páginas 1, 6, 20 y 23)*

Escorpión *Heloderma suspectum*
Si quieres llámalo flojo, pero los escorpiones guardan su energía en el calor del desierto cuando no se mueven. Aunque son **diurnos** se quedan en sus madrigueras casi todo el día. Si tienes *mucha* suerte podrás ver a un escorpión andar lentamente en el desierto en un día de primavera o asoleándose cerca de su madriguera en invierno. Es fácil identificarlo ya que tiene un cuerpo grande y rellenito, cabeza grande y negra y el diseño marcado de cuentas negras y rosa (o anaranjado / amarillo) en su cuerpo. Es un escalador y escarbador increíble. Aunque generalmente son tímidos, los escorpiones se pueden defender con una mordida dolorosa y venenosa. Se alimentan principalmente de **crías** de mamíferos y aves, pero algunas veces de huevos de pájaros o lagartijas. *(página 7)*

Glossary of Words

Definitions of key words in The Little Saguaro *and its "Cast of Characters" section are provided below. Some of these words have more than one definition; the one provided here is the one that best applies to the natural world. Most definitions below are from information in the book,* A Natural History of the Sonoran Desert, *published by the Arizona-Sonora Desert Museum.*

antennae – segmented sensory appendages on the head of insects and other arthropods that can feel, smell, taste, and/or detect sounds.

arthropods – insects, spiders, crabs, and other creatures that have segmented bodies and legs, and are encased in a hard outer covering.

breed – to produce offspring through sexual coupling.

burrow – (n) a hole dug in the ground by an animal to nest, rest, or escape from extremes of heat or cold; (v) to dig a hole in the ground (dig a burrow).

camouflage – (n) coloring on an animal or object that blends with a background, allowing it to avoid detection; (v) to blend in with a background to avoid detection.

ciénega – a Spanish word commonly used in the Southwest that means a place full of "cieno" (mud under water or in low or wet places) or a swamp or marsh.

community (i.e., ecological community) – any ecologically integrated group of species of microorganisms, plants, and animals inhabiting a specific area or habitat within an ecosystem. A dead and rotting saguaro or a temporary rain-filled pond are examples of communities.

compound eyes – the type of eyes most insects and other arthropods have. Compound eyes see objects broken up like a mosaic and cannot focus on their surroundings in the same way human eyes do; but they notice movement better.

consume – to eat something.

diurnal – active during the day.

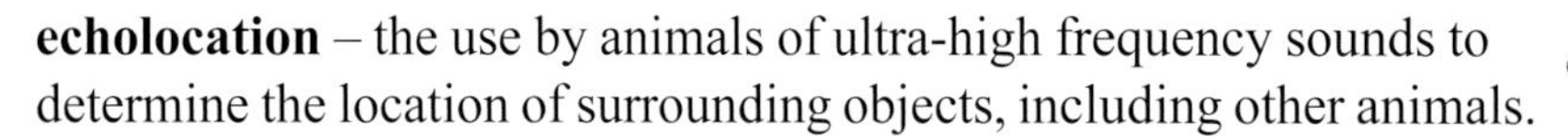

echolocation – the use by animals of ultra-high frequency sounds to determine the location of surrounding objects, including other animals.

ecosystem – a distinctive "landscape" comprised of communities that are all linked and interact with each other and with the physical environment. Rain forests, deserts, and coral reefs are all examples of ecosystems.

estivate – a state of inactivity triggered by heat or dryness (also spelled "aestivate").

forewings – the front pair of wings of an insect.

herbivore – an animal that feeds on plants.

hibernate – a state of inactivity triggered by cold, during which cell and body functions are slowed.

Glosario

A continuación se proporcionan definiciones de las palabras claves en El Sahuarito *y su sección "Reparto de Personajes". Algunas de estas palabras tienen más de una definición; la que aparece aquí es la más adecuada para la naturaleza. La mayoría de las definiciones que aquí aparecen son de información tomada del libro:* A Natural History of the Sonoran Desert, *publicado por el Arizona-Sonora Desert Museum.*

antenas – apéndices sensoriales segmentados de la cabeza de los insectos y otros artrópodos que pueden sentir, oler, gustar y detectar sonidos.

artrópodos – insectos, arañas, cangrejos y otras criaturas que tienen cuerpos y patas segmentadas dentro de una cubierta protectora.

procrear – producir descendencia por medio de la unión sexual.

madriguera – un hoyo excavado en la tierra por un animal para anidar, descansar o escapar de las condiciones extremas de frío o calor.

mimetismo – propiedad de algunos animales o plantas de tomar el aspecto o color de su entorno para protegerse o disimular su presencia.

ciénega – lugar lleno de cieno (lodo bajo el agua o en sitios bajos y húmedos) o pantanoso.

comunidad (ej. comunidad ecológica) – cualquier grupo de especies de microorganismos, plantas y animales integrados ecológicamente que habitan en un área especifica o hábitat dentro del ecosistema. Ejemplos de comunidades son un sahuaro muerto y en descomposición o un charco de las lluvias.

ojos compuestos – es el tipo de ojos que tienen la mayoría de los insectos y otros artrópodos. Los ojos compuestos ven los objetos separados como un mosaico y no pueden enfocarse en su entorno como lo hacen los ojos de los humanos; pero se dan cuenta mucho mejor del movimiento.

consumir – comer algo.

diurno – activo durante el día.

sequía – una época larga de tiempo seco.

ecolocación – El uso de sonidos de frecuencia muy alta por animales para determinar la ubicación de los objetos circundantes, incluso otros animales.

ecosistema – un "paisaje" característico compuesto de comunidades relacionadas que interactúan entre ellas mismas y con el medio ambiente que las rodea. Las selvas tropicales, los desiertos y los arrecifes de coral son ejemplos de ecosistemas.

estivación – un estado de inactividad provocado por el calor o la aridez.

alas anteriores– el par de alas delanteras de un insecto.

herbívoro – un animal que se alimenta de plantas.

hibernar – un estado de inactividad provocado por el frío, durante el cual las funciones de las células y del cuerpo disminuyen.

hindwings – the rear pair of wings of an insect.

host – a host animal or plant is one on whom a larval insect feeds until it become an adult; any animal or plant that a smaller creatures lives on or in.

hover – to stay suspended in one place in the air.

larva (pl. larvae) – an immature stage of some animals, in which the young are physically quite different in appearance from the adult (like the caterpillars of butterflies and moths, or the maggots of flies).

migrate – to move periodically from one place to another, typically for seasonal foods or to breed.

molt – to shed an outer covering periodically (such as skin, shell, or feathers); for example, arthropods periodically shed their hard outer casing in order to grow larger.

nectar – a sugary liquid produced by a flower to attract animals, such as insects, that help pollinate or, in some cases, protect the plant. Nectar provides energy for the animals that feed on it.

nestling – young birds or mammals in the nest that are not yet able to fly or fend for themselves and are thus dependent on adults for their food.

nymph – a stage in the life cycle of some insects or other arthropods when they are immature but similar in appearance to the adults; this stage for an aquatic insect is often called a **naiad.**

omnivore – an animal that feeds on both animal and plant materials.

pollen – a powdery substance in flowers (of sexually reproducing plants) that contains the male genes. In most plants, pollen is necessary for production of seeds and fruit, and thus completion of the life cycle. Pollen contains protein used by some insects.

pollination – the transfer of pollen from the male structure (anther) of one flower to the female structure (stigma) of another, through which sexual reproduction is completed to produce fruit and new seed.

prey – (n.) an animal taken by another as food; (v.) to take an animal for food.

pupa – the immobile stage of an immature butterfly (and other insects that undergo metamorphosis to achieve their adult form) in which it turns from larval form into the adult form inside a hard case.

succulent – full of juice.

trunk – the main stem of a tree or cactus.

alas posteriores – el par de alas traseras de un insecto.

hospedera – un animal o planta hospedera es aquel donde la larva de un insecto se alimenta hasta que se desarrolla como adulto; cualquier animal o planta donde viven criaturas más pequeñas.

revolotear – quedarse suspendido en el aire en un sólo lugar.

larva – un estado inmaduro de algunos animales, donde las crías tienen un aspecto físico bastante diferente de los adultos, por ejemplo las orugas de las mariposas y palomillas o los gusanos de las moscas.

emigrar, migrar – moverse periódicamente de un lugar a otro, normalmente para buscar alimentos temporales o para procrear.

mudar – cambiar una cubierta externa en forma periódica (piel, concha o plumas); por ejemplo, los artrópodos cambian periódicamente su cubierta dura para poder crecer más.

néctar – un líquido azucarado producido por la flor para atraer animales como los insectos que ayudan a polinizar o en algunos casos a proteger la planta. El néctar proporciona energía a los animales que lo beben.

polluelo, pollo, cría – pájaros o mamíferos pequeños en el nido que todavía no pueden volar o no se saben cuidar, entonces dependen de los adultos para su alimentación.

ninfa – una fase en el ciclo de vida de algunos insectos u otros artrópodos cuando son inmaduros pero de aspecto semejante al de los adultos; a esta fase en un insecto acuático también se le conoce como **náyade.**

omnívoro – un animal que se alimenta de plantas y animales.

polen – una substancia en polvo de las flores de plantas que se reproducen sexualmente y que contiene los genes masculinos. En la mayoría de las plantas el polen es necesario para la producción de frutos y semillas y así completar el ciclo de vida. El polen contiene proteína la que usan algunos insectos.

polinización – la transferencia de polen de la estructura masculina (antera) de una flor a la estructura femenina (estigma) de otra, así se realiza la reproducción sexual para producir frutos y semilla nueva.

presa – animal atrapado por otro como alimento.

capullo, pupa – la fase inmóvil de una mariposa inmadura (también de otros insectos que sufren metamorfosis para llegar a su estado adulto) durante la cual se transforma de larva a su forma adulta dentro de una cubierta protectora.

suculento (a) – lleno de jugo.

tronco – el tallo principal de un árbol o cactus.

About the Author

Originally from the Midwest, Shannon Young graduated from Northern Arizona University in 1983. While living in Arizona, her appreciation for the beauty of the Sonoran Desert flourished and provided inspiration for writing *The Little Saguaro ~ El Saguarito*.

Ms. Young's primary writing goal is for each of her books to benefit a children's charity or literacy program. She is donating a percentage of the proceeds from *The Little Saguaro* to benefit the Arizona-Sonora Desert Museum's Laurel Clark Education Fund. The Fund provides innovative K-12 educational programs that bring a science curriculum to life with the fascinating natural history of the Sonoran Desert.

Ms. Young lives in Corvallis, Oregon with her husband, son and dog A.J. When she isn't writing children's books, she enjoys gardening, playing the piano, and having her dog take her on her daily walk. Professionally, she is a member of the SCBWI, Willamette Writers, Oregon Writer's Colony, and Litopia.

About the Illustrator

Kim's interest in nature and art began at a young age. When she wandered home from a day of playing in the Midwestern Tallgrass Prairie where she grew up, her mother would often put a paintbrush in her hand. With college degrees in both Wildlife Ecology and Studio Art, she continues to be passionate about art and nature. Currently, she works in the Department of Botany at the Arizona-Sonora Desert Museum and pursues wildlife art as her other career.